ALEGRÍA

VOCES / LITERATURA

COLECCIÓN VOCES / LITERATURA 360

Nuestro fondo editorial en www.paginasdeespuma.com

Margarita García Robayo, *Alegría*
Primera edición: mayo de 2024

ISBN: 978-84-8393-351-0
Depósito legal: M-5897-2024
IBIC: FYB

Editorial Páginas de Espuma
Madera 3, 1.º izquierda
28004 Madrid
Teléfono: 91 522 72 51
Correo electrónico: info@paginasdeespuma.com

Impresión: Cofás
Impreso en España - Printed in Spain

ALEGRÍA

MARGARITA GARCÍA ROBAYO

ILUSTRACIONES:
POWERPAOLA

PÁGINAS DE ESPUMA

Cuando no había luna, la carretera no se distinguía de la noche. En las curvas más pronunciadas brillaban las estrellas que habían pintado sobre el pavimento por cada una de las personas que había muerto ahí, en accidentes de tránsito. Casi siempre eran borrachos aplastados por camiones conducidos por choferes, también borrachos, que temían ser atacados por la mujer vestida de rojo, estacionada en un Chevette rojo al costado de la ruta, con el capó levantado por alguna falla mecánica que ella no sabía cómo solucionar. Alzaba el brazo, pedía ayuda y no tardaba en obtenerla. Se trataba de una mujer vistosa e indefensa. En el relato de los camioneros que habían conseguido salvarse porque no frenaron, porque no se dejaron tentar, la mujer se subía a su Chevette y avanzaba veloz con el capó abierto, haciendo que ellos aceleraran hasta casi perder el control. Cuando creían haberse escapado, la mujer caía sobre el vidrio delantero con un golpe tan fuerte que de su frente empezaba a brotar sangre. Y el vidrio también se teñía de rojo. Sin saber bien cómo, conseguían manejar hasta el retén de policía donde eran asistidos por el oficial de turno que tomaba la declaración —errática, inconexa, disparatada—, manoteaba su linterna y salía a inspeccionar las inmediaciones para no encontrar más que la negrura.

Al día siguiente ese mismo oficial se limpiaba las lagañas y volvía a inspeccionar. Por esa época los cuerpos aparecían y desaparecían por capricho. Baleados, acuchillados, reventados a golpes. Era fácil adivinar que todo eso les había ocurrido antes de ser embestidos por un camión. No importaba, muerto que aparecía, estrella que se pintaba en el pavimento. La causa real de la muerte era una información que podía —a veces, debía— desecharse. Algunos pedazos de esa ruta eran galaxias tupidas.

Bordeando la carretera había cunetas profundas, canales para encauzar los arroyos que se formaban con la lluvia. Detrás de las cunetas había árboles de ramas larguísimas levantadas hacia el cielo como bailarinas elegantes. O perezosas. Eran la primera línea de una vegetación que se hacía espesa y viscosa entre más te adentrabas. El monte era una boca abierta que no solía devolver lo que se tragaba.

Después del retén, a unos pocos kilómetros, estaba el pueblo de San Juan Nepomuceno. La ruta principal era color gris oscuro, parejo y continuo, y la entrada al pueblo se abría en una bifurcación de tierra seca. Un mechón desteñido en la melena plateada. Allí se ubicaban los puestos de frito donde los camioneros se detenían a comer y a beber. Llevaban tantas horas manejando que apenas se sentaban se desplomaban sobre sus barrigas apretadas y la cabeza les colgaba floja. A la silla de plástico se le torcían las patas como a un ternero recién parido. Las negras que freían vendían, también, bolsitas de polvo blanco. Y vendían, también, a sus hijas y a sus nietas.

La familia de Ana tenía una finca cerca del pueblo.

(El nombre completo de Ana era María Ana, pero en aquel tiempo el María le parecía soso, blando, impersonal. Le hubiese gustado un nombre con más carácter: Kimberly, Angie, Karolyn, Tiziana, Antonella, Georgette).

La finca quedaba justo después del cementerio y poco antes del retén. Y se llamaba Alegría: su madre la había bautizado así, quería infundirle a esa tierra un carácter premonitorio. No era ni tan grande ni tan próspera, servía para criar unas cuantas vacas y cosechar naranjas, limones, mangos, algo de yuca para el consumo doméstico. Servía para presumir de una segunda propiedad en el campo, aunque a todos, salvo al papá de Ana (don Jerónimo) les parecía tramposo usar la palabra propiedad para referirse a un lugar tan modesto. Cuando Ana y sus hermanos eran chicos, se pasaban allí todos los fines de semana. Cuando crecieron ya no quisieron ir, preferían quedarse en la ciudad con sus amigos. «Como cucarachas, moviéndose en manada», les decía cada sábado don Jerónimo, antes de salir hacia la finca solo y despechado, emitiendo sonidos quejumbrosos que se iban deshaciendo como la armónica de un vaquero.

La noche en la que empieza esta historia, Ana había salido en el carro de su mamá a pasear con su amiga Lis. Lis había conseguido un porro fenomenal y quería que Ana lo probara. Para eso había que irse lejos: para evitar que las vieran y les dijeran bareteras. A Lis ya le decían baretera desde mucho antes de probar el porro; se había tatuado una flor en la muñeca, se había puesto una argolla en la nariz, andaba en una motito veloz y ruidosa. Con eso bastaba. La reputación de Ana, en cambio, se mantenía limpia y prometedora como una cama recién hecha. Así que se encaminó hacia la finca. Se zambulló en esa ruta oscura y pensó que tendría que llamar a Yoli, la hija de los caseros, para que les abriera la tranquera y le avisara a Jairo (el papá de Yoli se llama Jairo) que guardara por favor la escopeta, no fuera a confundirlas con bandidos. Para avisarle a Yoli tendría que parar en un teléfono público y bajarse en una esquina sola en el medio de la noche, exponiéndose a que alguno de los vagabundos que había por esa zona cobrara vida y la violara. Había tramos de veredas alfombrados por esos tipos. Una vez, en el periódico, habían sacado una foto de dieciséis vagabundos durmiendo en la calle, y alguien en su casa, a lo mejor alguno de sus hermanos, les había dibujado equis en los ojos y costuras en los labios. Su papá miró la foto intervenida y soltó: «No porque estén tiesos son inofensivos». Y explicó que las serpientes mordían hasta una hora después de muertas: había que aplastarles la cabeza con golpes fuertes, deformarles la mandíbula para que, aunque quisieran morder, la anatomía ya no les respondiera.

Mientras Ana manejaba y pensaba que lo mejor era seguir de largo hasta el pueblo, buscar un teléfono y avisar a Yoli de su visita, Lis armaba porros como para un ejército de *hippies*. Cada vez que terminaba de armar uno lo acomodaba en una cajita de lata en la que originalmente venían unos bastoncitos Piazza. Miraba por la ventana con insistencia. Ana resopló:

—Te vas a desnucar.

—Me da miedo que nos estén siguiendo.

—Qué paranoica.

Ana y Lis tenían una amistad improbable. No iban al mismo colegio, aunque se conocían de vista hacía mucho. En esa ciudad, en cierto sector, todo el mundo se conocía de vista. Habían empezado a relacionarse hacia poco más de un año. Ana pensaba que Lis era fácil y maleable. Le servía de comodín para sus ratos de ocio. Las amigas de su colegio requerían un esfuerzo que ya no tenía ganas de hacer. Cuando salía con ellas, se medía. Quería ser buena, agradable, flaca. Y un poco sabia y un poco frívola. Era demasiado. Más tarde sabría que eso se llamaba «querer encajar», y, cuando ese deseo se notaba mucho, su comportamiento, su conversación, incluso sus peinados, se enrarecían. Lo que más le costaba de ese deseo era justo eso: la conciencia de que se trataba de un deseo y no de un don. Quienes sí tenían el don, encajaban en cualquier hendidura con el solo hecho de apersonarse.

Por eso Lis era un alivio. Era una chica simple y parecía estar cómoda con eso. La primera vez que se hablaron fue a la salida de una fiesta de la que ambas se habían retirado antes de lo previsto. A Ana la buscaría su hermano, pero faltaba todavía media hora. Lis le ofreció llevarla en su moto. Ana le preguntó dónde vivía, temía desviarla mucho de su barrio: Lis le dijo, con voz teatral, que vivía en un depósito de niños mal queridos. Y eso a Ana le hizo gracia. Se encariñó en un segundo, vio a Lis como a una mascota perdida que se rescata de la calle.

Cuando se acercaban al retén, Lis le pidió a Ana que le contara otra vez la historia del fantasma que asustaba a los camioneros.

—No es un fantasma —dijo Ana—, puede que sea una banda de asaltantes...

Mentira. La historia del fantasma la venía oyendo desde que era chica.

—... o perversos de alguna secta.

Variaba el modelo del carro —Mazda, Renault, Chevette—, nunca variaba el color —rojo—. Ni el fantasma: una mujer alta, curvilínea, de pelo amarillo fulgor que contrastaba con la noche.

—... quizá son solo zorros.

Uno de sus tíos, el alcohólico recuperado, la había visto. Consiguió escapar de ella y esconderse en el retén. Hubo que ir a buscarlo porque estaba en *shock*. Tardó tres días en recuperar el habla y en contar lo que había pasado. Nunca más atravesó esa ruta de noche y nunca más tomó alcohol porque se hizo evangélico. Y obeso. Adquirió otros vicios: los fritos, los niños. Nadie lo decía.

Ana subió el aire acondicionado porque hacía mucho calor. Siempre hacía mucho calor.

Hacía meses había presentado un trabajo en la clase de sociales acerca de los efectos del clima tropical en la población. No era nada nuevo, pero la profesora se molestó. Según la teoría expuesta por Ana, las altas temperaturas modificaban drásticamente la conductas de las personas, afectaban el cerebro, ralentizaban el aprendizaje. Se habían hecho pruebas. Jóvenes encerrados en una habitación calurosa tomando el mismo examen que otros jóvenes encerrados en una habitación climatizada a veinticuatro grados. Los primeros contestaban mal porque todo lo que querían era salir de allí, escapar, tirarse al primer charco de agua que encontraran a su paso. Con calor era imposible detenerse a pensar. El calor provocaba catástrofes, aceleraba el metabolismo. Los vehículos chocaban más porque todo lo que ansiaba el conductor era llegar a destino, acabar con el calvario. El calor generaba violencia. Nadie tenía tiempo de pedir por favor, era más fácil empujar, gritar, pegarle una patada, una trompada, un tiro a todo aquello que resultara un obstáculo en el camino de salida hacia cualquier otro sitio donde la cabeza no hirviera.

«Eso explica a los guajiros», llegó a decir Ana antes de que la profesora la detuviera con la palma al frente indicando que había llegado muy lejos en su análisis, que había montón de guajiros pacíficos, que no estaba bien generalizar.

Ana conocía a cinco guajiros. Había dos que eran hermanos, pero los otros tres ni se conocían entre sí. Quizá ese tampoco fuera un número representativo, pero resultaba curioso que su conducta frente a la violencia fuese tan similar. Por ejemplo: todos tenían un arma guardada en la guantera de su Toyota 4x4 y otra encanutada entre el cinturón y el bajo vientre, apuntando a los testículos.

«Con el seguro puesto», aclaró Ana: «porque antes que violentos son muy machitos».

La clase entera se rio.

La profesora dijo: «ese no es el punto». La profesora era una mujer joven, pero severa. Eso la avejentaba. Y esos ojos híper delineados. Su cuerpo huesudo, anguloso, tampoco le ayudaba. En el Caribe se apreciaban más las formas redondeadas.

«¿Y cuál es el punto?», dijo Ana. «No lo sé», contestó la profesora, sacudiendo la cabeza: «Eso te pregunto yo a ti, María Ana, ¿cuál es el punto?».

La impaciencia, ese era otro rasgo característico del calor.

Ganas de matar. Ese era un eufemismo de su madre: «este calor me da ganas de matar». Había personas para quienes no era un eufemismo.

Después de todo eso —de la molestia, de la incomodidad, de la urgencia por escapar del propio cuerpo— se llegaba al punto de inflexión que era la dejadez, el abandono, el silencio resignado, la palabra irreflexiva, la ceguera contextual, el aplastamiento.

En las novelas le llamaban sopor.

Pesado. Resbaladizo. Salado. Húmedo. Pegachento.

Esas eran algunas de las características escritas en la cartelera de Ana para describir el clima tropical. Abajo, encerrado en un círculo rojo del que salían rayos, a modo de conclusión, decía: como una bestia marina.

Yoli estaba por irse al pueblo porque era viernes. Se había puesto un short desflecado y una camiseta clarita por el uso que, además, le quedaba chica. Cuando alzaba los brazos se le veía el ombligo. Si su papá hubiese estado en condiciones, la habría mandado a cambiar. Su mamá y su hermano miraban la televisión y comían un mazacote amarillo en unos platos hondos. Las cucharas contra el peltre hacían ruido. Yoli los miraba desde la puerta, hundidos en ese sillón viejo y chiquito. Parecían unos almohadones raídos que nadie se había preocupado en remendar. Su hermano se reía con la boca abierta, su mamá, en cambio, apretaba bien los labios y se le inflaban los cachetes y, cuando ya no aguantaba más, la risa se le escapaba como un trueno. Como un peo. Lo que más deprimía a Yoli de su casa no era el poquísimo espacio que había entre los muebles, ni el olor a leña que se les pegaba hasta en la última hebra de pelo, ni siquiera el piso resquebrajado de cemento que cada tanto le sacaba una uña a su hermano, que no usaba chancletas —a veces ni siquiera ropa— ni cuando la mamá se las tiraba por la cabeza —la primera la esquivaba, la segunda no— y le pegaba un grito para que se calzara, para que no fuera tan puerco, para que se comportara como un niño y no como un chigüiro. Y el niño le contestaba con unos graznidos que Yoli atribuía a un pre lenguaje que nadie en esa casa tenía la competencia para interpretar. Le había dado muchas vueltas al asunto para llegar a esta conclusión: lo que más la deprimía de su casa era la luz. Era de un color amarillo opaco, como si vivieran siempre en un otoño sucio. También era irregular. A veces había luz, a veces no había, a veces titilaba durante horas y los dejaba en un estado semi catatónico. A la noche les cortaban la luz para ahorrar electricidad.

«¿Quién?», le preguntó Yoli una noche a su papá. «¿Quién qué?», él se hizo el distraído. «¿Que quién es el que ahorra retaceándonos la luz?». Su papá torció el gesto como siempre que le preguntaba algo cuya respuesta no sabía, o peor, que sabía a la perfección, pero no quería admitir que no le gustaba; él aceptaba cualquier respuesta, así como las mulas aceptaban cualquier carga que se les encimara al lomo. Ante el silencio de Jairo, Yoli miró a su mamá (Sandra, se llamaba), y ella le dijo que de todas formas les venía bien no tener luz a la noche, porque en la oscuridad se rezaba mejor.

Ahora se le venía como un ramalazo la sombra de su madre arrodillada en la penumbra: un bulto oscuro, contraído, del que brotaba el siseo molesto de un abejorro. Quiso revolearle su propia chancleta, y luego la otra, a ver si la esquivaba.

Buscó su bicicleta.

Iba a verse con Lucho, aunque Lucho ya no le gustaba tanto —¿alguna vez le había gustado tanto?—, pero había que hacer planes. Los planes salvaban. Organizaban los días en estantes imaginarios, todos en fila como adornos pequeñitos.

Su papá estaba en la galería, en una mecedora. Miraba el monte, escuchaba el cri cri de los grillos. A esa hora ya no usaba sombrero. En su cabeza, las entradas del pelo retrocedían como la marea. La botella de aguardiente reposaba a un lado, la escopeta al otro. Con la lengua excavaba debajo el labio, como un topo gigante. Una mosca le zumbaba cerca de la cara y él ni se molestaba en espantarla. Faltaba el perro, que en general era su sombra. Por pedido de don Jerónimo, lo cuidaba con su vida. «Que se pierdan las vacas, que se pierda usted, pero nunca el perro», le decía cada domingo, cuando se despedía desde la camioneta y le daba instrucciones con un apremio inexplicable. No pasaba nada en esa finca.

—¿Y Sandokán? —le preguntó Yoli a su papá. Él no reaccionó.

SANDOKÁN ERA UN PASTOR ALEMÁN. SU MAYOR VIRTUD ERA LA pasividad, aunque hacía unos diez años le había mordido la cara a un niño. El niño era amigo de uno de los hermanos de Ana, supongamos que el mayor (los hermanos de Ana no tienen nombre, porque en esta historia son paisaje de fondo, relleno, utilería. Supongamos que son dos). Nadie entendía cómo era posible que un cachorro tan manso se comportara de pronto como una piraña.

«Algo le hicieron», insistía don Jerónimo, y abrazaba al perro para protegerlo de las patadas violentas del padre de la víctima.

No fue una herida importante, pero sí desafortunada. El niño fue llevado de urgencia al puesto de salud del pueblo y el médico de turno le cosió el pómulo con poquísima pericia, el pulso tembloroso y la dedicación de un sádico. El procedimiento fue doloroso, el resultado chapucero.

Cuando Ana se cruzaba con el chico en la ciudad, parqueado en un muelle o en una fiesta, lo evitaba. A ella le daba la sensación de que ese chico, que había crecido largo y tieso como una vara de premio, parecía siempre perdido entre la multitud de amigos que lo rodeaba. Su expresión era la de un recién llegado que todavía no aprendía los modos locales. La cicatriz era su lastre, pero también su distinción. Entre las chicas generaba un nerviosismo atolondrado que las hacía reírse de nada y caerse unas en los regazos de las otras. Un día Ana se lo topó de frente y, antes de que pudiera darse vuelta, él la agarró por los hombros y la obligó a mirarle la hendidura que le atravesaba la mitad de la cara y le achicaba un ojo, el izquierdo. «Un día me la van a pagar», le dijo él. Estaban tan cerca, que Ana respiró su aliento a cerveza camuflado bajo el chicle Juicy Fruit. Después la empujó y siguió de largo.

Sandokán estuvo a punto de ser sacrificado aquella vez, era lo que exigía la familia del niño. Don Jerónimo se empeñó en ir a fondo. Llamó al veterinario, pidió un examen exhaustivo del perro y no tardaron en descubrir que el niño le había metido un palo por detrás, ocasionando múltiples heridas en la zona. Sandokán vivió, pero fue castrado. Ahora no solo era un perro bueno, sino inútil para cuidar de una finca. Los años lo habían dejado medio ciego, y don Jerónimo había encomendado a Jairo ser su lazarillo, su protector, su escudo, su padrino. Jairo obedecía.

«Cuida más a ese perro que a los hijos», se quejaba Sandra con su voz rasposa de arpillera. Siempre lo decía ante otras personas. A Jairo no lo provocaba, no lo contradecía, apenas si le hablaba para informarle cosas puntuales como que la comida estaba servida, que hacía falta leña o leche o un buen cachetazo para Yoli, que se hacía la fina, la sabionda, y que la miraba a ella y a su hermano como si fuesen trastos sucios abandonados en el rincón más mohoso de la cocina. Ella ya tenía su propia cruz, no tenía por qué aguantar más clavos. En medio del descargo, Sandra siempre rompía a llorar como una manguera rajada y Jairo entraba en furia, la amenazaba con el puño cerrado si no se callaba y ella corría a buscar a su hijo (se llamaba Joao) y se encerraba con él hasta que le parecía que Jairo se había ido.

Jairo odiaba a su mujer. La odiaba desde que se había embarazado de Joao, porque estaba seguro de que el niño no era suyo sino de un tipo que Sandra conoció en un trabajo que tuvo en un barco proveniente de Brasil. Un trabajo menor, de pocos días, pero del que había vuelto tarareando sambas, con la cara sonriente y blanda como un flan, y con la semilla del diablo ya sembrada. Oleadas de calor le agarraban a Jairo en los cachetes y en el pecho cuando la veía caminar por la casa soltando risitas, cruzando y descruzando las piernas como una patinadora. O una borracha. Pasaron meses, la barriga se asomó, un melón pequeño y rosado. Oleadas de odio ardiente le iban y venían, volando como un niño en un columpio. Adelante, atrás, adelante, atrás. Hasta que el ardor fue tanto que las manos se le prendieron fuego y solo pudo apagarlas propinándole puñetazos a la barriga de Sandra. Consiguió deformarla, pero no eliminarla. Cuando Joao nació, el doctor enumeró la lista de sus deficiencias en tono monocorde. Sandra no dejó de sonreír mientras miraba la cabeza mínima del niño y lo atosigaba con besos locos de devoción: «Los terneros enfermos son también los más cariñosos».

—¿Puedo poner música? —Lis no soportaba el silencio. Ana lo necesitaba. Era una ruta peligrosa, llena de curvas retorcidas. Tenía la sensación de que el suelo serpenteaba, amenazando con volcarlas hacia la maraña de plantas que se levantaba a cada lado.

—Preferiría que no.

—Entonces cuéntame la historia.

—Te la conté mil veces.

—Pero siempre la adornas con detalles nuevos.

—Ja.

—Te lo juro.

Ana prendió el equipo de sonido. Un locutor cantaba un vallenato a los gritos.

Ana cambió de Radio a CD y le señaló a Lis el bolsillo lateral de su puerta, donde había un porta discos.

—Busca ahí, porfa —le dijo.

Lis revisó, uno a uno, todos los compartimentos:

—Pura mierda.

—Es de mi mamá. Pon cualquier cosa, me estás distrayendo.

—Perdón.

Lis puso uno de Alejandro Sanz.

De los ruidos que venían de la calle, Yoli podía distinguir frases enteras: «¡A mí me pasó exactamente lo mismo!».

También llegaban risas, vallenatos, rugidos de moto seguidos por aullidos de excitación.

El ventilador soplaba aire caliente. Parecía el aliento de alguien. De un dragón. De un pueblo de dragones. El techo tenía manchas de humedad. Todos los techos que conocía tenían manchas de humedad. Las sábanas olían a jabón blanco. Eso le gustaba. En la mesa de noche había un cuadrito de plástico verde del que sobresalían, en alto relieve, dos colinas bañadas en nieve sintética. A Lucho le pareció bonito, lo vio en una feria y pensó en Yoli. ¿Por qué? Porque algún día, quizá, los dos podían irse a vivir a las montañas. A la Sierra Nevada, por ejemplo. A cultivar papas y a criar cabras. También hijos, si ella quería. Papas, cabras, hijos.

¿Tanto cabía en esa baratija?

Tocaron la puerta. Lucho se estaba bañando. Yoli estaba desnuda en la cama deshecha. El colchón se sentía caliente y húmedo, como algo que supura.

—¿Quién? —dijo.

Silencio. Luego:

—Salvador.

—Lucho se está bañando.

Silencio.

Yoli se levantó de la cama, se puso la tanga, el short, la camiseta, se olvidó del brasier. Abrió la puerta.

—Entra y espéralo —le dijo.

—¿Seguro?

—Seguro —lo invitó a pasar haciendo un ademán amplio y solemne con el brazo. A lo David Copperfield.

Salvador se apoyó en el marco de la ventana y miró a la calle.

Ella volvió a la cama, los brazos doblados detrás de la cabeza, codos levantados, filosos como dagas. Imaginó que Salvador la desvestía, metía la cabeza entre sus piernas y le daba lengüetazos sedientos. Entre Lucho y Salvador, la elección obvia era Lucho.

—¿Qué se cuenta? —le preguntó Salvador.

Todos sus pensamientos eran negros como la tinta, como el cielo de esa noche.

—Nada —contestó ella.

La cabaña en el bosque, la casita en la montaña. Le prendía fuego a todo: a las cabras, a las papas, a los hijos.

Los rebeldes, así le llamaba su profesor de sociales a los guerrilleros, huían al monte para darle la espalda a la civilización. ¿Por qué? Porque no se sentían a salvo en la civilización. ¿Pero por qué? Porque eran unos desadaptados. ¿Pero para desadaptarse, no tendrían primero que haberse adaptado?

Desde afuera se escucharon risas exageradas.

Yoli había llegado temprano. Mientras esperaba a Lucho, miró por la ventana al grupo de jóvenes estacionado en la esquina. Así como Salvador estaba mirando ahora. Como mínimo, llevaban cuatro horas allí parados.

—¿De qué se ríen? —le preguntó Yoli y se incorporó.

Salvador se volteó a mirarla: tenía los ojos verdes, un diente roto, la encía oscura. Dos segundos duró en sus ojos, dos segundos en sus tetas.

—No sé de qué se ríen —bufó y volvió a mirar por la ventana. Ya no miraba la esquina, sino la pared de juncos que había detrás, que contorneaba el pueblo y que parecía una muralla infranqueable.

La noche anterior había llovido y la calle, que casi siempre era un tajo seco, estaba hecha un barrizal. En el límite con el monte no vivía casi nadie. Pero había un kiosco de cerveza que Salvador conocía bien. Siempre estaban tibias, las cervezas, sabían a orín. El kiosco era una choza hecha con listones de madera rústica, con su ventana frontal para el expendio. Afuera había tres mesitas plásticas con sillas percudidas. El piso era un rectángulo de cemento, el techo unas planchas de zinc que se apoyaban sobre cuatro palos clavados en los vértices del rectángulo. Había unas hamacas colgadas de los palos. Estaban tiesas de mugre. Las alquilaban a voluntad. Allí se echaban los campesinos a descansar o a besuquearse con alguna muchacha. En el perímetro del kiosco había botellas y colillas y bolsas de chucherías. El que atendía era un señor muy pequeño con una cara machucada que flotaba en el umbral entre el retardo y la fealdad. Los fines de semana aparecían los del monte y se instalaban a beber y a pasar el día con jovencitas crudas, sin estrenar. Las vegetarianas: así les decían a las que frecuentaban ese kiosco los fines de semana. ¿Por qué? Porque solo comían «verdes».

Salvador imaginó que los juncos se abrían como el mar Rojo ante Moisés y que de adentro salía un tigre blanco gigantesco. Caminaba lento rumbo al pueblo y con cada pisada se formaba un cráter del que brotaban muertos que lo seguían y se iban instalando en las esquinas a reírse de nada.

—Seguro que ellos tampoco saben —Yoli se había sentado en la cama, miraba a Salvador, concentradísimo en la calle.

—¿Ah?

—Que seguro ellos tampoco saben de qué se ríen.

Yoli en verdad pensaba eso. La gente del pueblo —su madre, su padre, Lucho— se reía de esa forma histérica de quienes rara vez conseguían lo que querían de la vida, aunque tampoco hacían demasiados esfuerzos. Muchas veces ignoraban lo que querían, pero igual lo echaban en falta. Mostraban su mala dentadura como respuesta para todo: se reían si cantaba el gallo, si un burro rebuznaba, si alguien se peaba... Si los cortaban en pedacitos con un machete, se reían también: con cada tajo, una carcajada.

Más adelante, cuando pudiese formular esta idea de un modo más articulado, Yoli diría que la risa, ese tipo de risa fácil, desbocada, con el que estaba tan familiarizada desde pequeña y que era, básicamente, la risa de los pobres, era un modo de abandonar el resentimiento y abrazar la resignación.

—Es que están muertos —dijo Salvador.

—¿Quién? —dijo Yoli.

—Todos.

—Los muertos no se ríen.

—Pobrecitos.

—Quizá se están burlando de ti.

—Y de ti.

—Y de ellos.

—De todos.

Salvador bufó:

—Pobrecitos.

Sandokán tenía el olfato de un perro malcriado. Seguía el rastro de la comida y lo demás se le escapaba. Se había alejado monte adentro hasta descubrir un fogón de leña todavía encendido. Había troncos cortados al medio con la corteza chamuscada pero las entrañas sin tiznar. No había restos de comida. Había dos condones usados que Sandokán olisqueó, pero no le interesaron lo suficiente como para quedarse allí, más cerca de la finca que de la ruta. Buscaba carne, alguna sobra. Tenía hambre porque los viernes Jairo empezaba a beber desde temprano y se volvía indolente. Ni el agua le cambiaba. Ni un hueso pelado le tiraba. Se zambulló más adentro, forcejeó con un matorral que se le atravesó en el camino y se llenó las patas de cadillos. Se rayó el lomo con un palo seco de punta filosa y chilló, se lamió la sangre, siguió olisqueando la tierra camino abajo. Circulaba poco aire, se sentía pesado. Era como estar adentro de un pulmón agonizante. Las ramas de los árboles tapaban y destapaban el cielo y, cada tanto, dejaban pasar una ráfaga de luz. Se escuchaba un coro de grillos, sapos, pájaros, búhos. Pero a Sandokán lo que le atraía era el sonido de la velocidad: ese látigo amplificado que se hace más largo y agónico o más seco y cortante según el tamaño del vehículo. Cuando llegó al límite entre el monte y la ruta, un cerco de púas, Sandokán se detuvo y ladró. El ladrido en la noche quieta debió alertar a algún bicho —un zorro, una comadreja, una guartinaja, un gato montés— que huyó con un chillido y Sandokán corrió detrás. Atravesó el cerco, las púas lo rasparon, pero él siguió corriendo rumbo a la carretera oscura, como una bala perdida. En el tramo después de la curva se encontró con el hocico de un vehículo que lo lanzó de un golpe bruto al terreno de enfrente, un baldío en el que se juntaba basura, chatarra, cadáveres de animales reventados con las tripas afuera. Y goleros. El baldío era un baldío porque cada tanto se hacían quemas. La tierra estaba muerta. No crecía ni la maleza.

El carro fue a parar a la cuneta, con la trompa abollada, mirando en sentido contrario al que venían. Ana tenía una herida en la frente, arriba de la ceja. No le dolía, le palpitaba. Lis estaba intacta, pero no podía moverse. Después diría que sintió un sabor metálico en la boca, como si hubiese masticado tornillos. Se había mordido la lengua. Se hizo un tajo de tres centímetros. Después diría que todo fue muy «shockeante»: el golpe contra el vidrio, el aturdimiento repentino, la convicción de que allí, en esa curva, se apagaría su vida mientras sonaba «Quiero morir en tu veneno». Ana no diría muchas cosas. Ni esa noche ni en los años sucesivos. Tuvo los reflejos de una persona fría. Descubrió que podía ser una persona fría. Arrancó el carro, dio la vuelta y siguió el camino. Pasó la finca, el letrero blanco, inmenso, que brillaba en la noche: Alegría. Su padre le recriminaba a su madre que parecía el nombre de un motel de paso. «Habló el experto», contestaba ella y su padre enmudecía.

Un año después, cuando la guerrilla tomara la finca, el letrero desaparecería. No enseguida, permanecería algunos días sucio y baleado. «Como una metáfora», recordaría Ana más adelante, junto a un grupo de compañeros de la universidad. Estarían dispuestos en círculo en una sala bogotana, sensibilizados por el secuestro de alguien cercano, con sus vasos de vino tibio y dulce, compungidos, verborrágicos, excitados. Sería una de esas épocas de cuestionamientos éticos y filosóficos nunca demasiado profundos. No por falta de compromiso, se dirían, sino por no saber muy bien en dónde poner la culpa. ¿En la mala gestión de todos los gobiernos de la historia del país? ¿En Cristóbal Colón y su recua de ladrones, violadores asesinos que arrasaron con una estirpe presuntamente pacífica? Pasaban cosas: los secuestros, las muertes, las maldades peores que la muerte. Nada de eso tenían un lugar claro a donde ir. ¿Y qué podían hacer ellos? Clavarlas en una pizarra imaginaria, señalarlas y decir: fíjense, qué mal estamos. Eso era todo.

Ana se desvió por el camino de tierra y entró al pueblo. Pasaron los puestos de frito, tomó la calle principal y esquivó a una vieja que iba cruzando. La vieja le gritó algo. Ana estacionó en la plaza, donde pudo. Lis abrió la puerta y escupió sangre.

Yoli, Lucho y Salvador se habían ido a tomar cerveza a la tienda de la plaza.

—Una sola —había dicho Yoli. No quería volver tarde y tener que comerse la cantaleta de Sandra. Salvador fue a comprarlas. Lucho la agarró de la mano y la atrajo hasta una silla en la que se sentó él y se la sentó a ella sobre las piernas.

La chica que despachaba era toda risas con Salvador. No tendría más de trece años.

—A ver, muéstrame —le dijo él. La chica salió de la tienda y se le paró enfrente:

—Es así: —hizo unos pasos de baile parecidos al zapateo americano, pero más toscos—, y después así: —pegó un saltito, giró en el aire, cayó con las rodillas algo flexionadas y los antebrazos y las palmas mirando al cielo— ¡Chanan!

—Muy bueno —Salvador aplaudió despacito y ella hizo una reverencia.

Yoli pensó: qué falso. Y se acomodó mejor encima de Lucho, de manera que el bulto debajo de la bermuda le quedara encajado entre los cachetes de las nalgas.

La chica que atendía la tienda tenía las pantorrillas flacuchentas, cundidas de picaduras de mosquito y ronchas que ardían de solo mirarlas. Los zapatos eran unas babuchas de tacón bajo, que chocaban fuerte contra el piso: taca taca taca. Salvador la miraba con una media sonrisa. Yoli pensó que esa expresión estaba a un paso de convertirse en una mueca de burla o de desprecio. Con todos, menos con Yoli, Salvador era siempre muy educado. O eso parecía, pero en verdad era pura condescendencia. Al final, Salvador despreciaba a esa chica, pero desde una superioridad moral que se confundía con buenos modos.

Una vez le comentó esto a su amiga Judith, que era mayor que ella, pero compartían clase. A Yoli le caía bien porque era la única compañera que había leído cosas que no estaban ni en el currículo ni en la biblioteca. Judith no era de ese pueblo, había encallado ahí por un accidente que la dejó plantada y preñada. Y Judith le había explicado que ningún varón era capaz distinguir sus propias contradicciones: «A veces no saben que son malos, y eso es peor». O sea que, una vez detectado el pinchazo en el ojo que debió producirle ese disparate de baile, la mirada de Salvador, seguramente, pasó a distraerse con cosas más comprensibles para su psiquis: los pezoncitos debajo de la camiseta tipo esqueleto, o los músculos que le tensaban las nalgas debajo del short.

La chica volvió a meterse en la tienda, Salvador aprovechó para darse vuelta y guiñarle un ojo a Yoli, que inmediatamente apartó la vista. ¿Y si Judith estaba equivocada? Improbable. Salvador era el diablo. La chica le despachó tres botellas de cerveza. Él pagó con un billete y sacudió la mano para indicarle que se quedara con el vuelto.

Y ahí volvía ahora, todo macizo, bajito, compacto como un termo, con las botellas en las manos y el cigarro en la boca.

Yoli odiaba el cigarrillo. Lucho lo había dejado por ella. El día que cumplió dos semanas sin fumar, que era el plazo previsto por Yoli, la tomó por la cintura y la besó como en una foto publicitaria. El beso le supo a saliva mentolada. No era lo que esperaba, pero mejor así. No quería encariñarse con Lucho porque le parecía poca cosa, pero era fácil estar con él. Lucho era tan amable con ella que no había modo de pelearse. Y tenía la cara franca, limpia, llena de cosas por hacer. Mejor eso que un tipo enroscado. Salvador usaba un perfume fuerte que se mezclaba con el olor de la nicotina. A Yoli a veces le daba asco y a veces le gustaba. Le gustaba tanto que tenía que sacudirse para espantar la electricidad que le subía por las piernas y se le atollaba en el ombligo. Con Salvador sí se peleaba: «Aprende de Lucho, que es un caballero», le decía ella. Él contestaba: «Pobrecita, no sabes que la amabilidad es una forma de machismo». La hacía sentir insignificante.

Ella no era la gran cosa: vivía en ese pueblo perdido, no tenía un centavo, iba a un bachillerato público de pésimo nivel. ¿Cuál era la gracia de recalcárselo? Todo eso lo sabía, tonta no era. Al contrario, debía ser la persona más avispada de ese municipio y sus alrededores. Y más ilustrada también: se había leído todos los libros disponibles en la biblioteca pública. Modestísima, pero ni el alcalde se los había leído. Salvador le había regalado un libro todo manoseado. *La guerra de guerrillas*, se llamaba. Yoli todavía no sabía que era un clásico y también una obviedad. Años más tarde lo diría así, tal cual:

«Yo todavía no sabía que ese libro era un clásico y una obviedad».

Intentó leerlo, pero no entendió nada.

Los ojos de Lucho, en cambio, la elevaban: le mostraban cosas favorables, aunque predecibles. Cuando le consultó a Judith sobre Lucho y Salvador, ella no dudó en que Lucho era mejor opción: «Estás muy verde para que te miren como te mira el otro», le dijo.

Salvador les pasó las botellas:

—Hay que tomarlas ahora que están frías.

Cada uno agarró la suya. Yoli tomó un buche grande. Se le enfrió el estómago, después le ardió. Repasó lo que había comido en el día: yuca, queso, jugo de guayaba. Se le vino la imagen de la mazamorra de maíz, grumosa y fermentada, que había hecho Sandra esa tarde. ¿Iba a salir de ahí? Algún día. Todos sus profesores la elogiaban: si quería, podía entrar a la universidad. Había un examen, era difícil, pero, decían: si promediaba su formación mediocre con su capacidad intelectual, el resultado probable era que pasara raspando. «¿La universidad?», su papá parecía no conocer el significado de la palabra. Su mamá: «Tan inteligente y tan bobita». Lucho solo enmudecía, envuelto en una bruma de tristeza.

De lejos, llegando a la plaza, Yoli vio a una amiga de Sandra que la miraba maliciosa. Seguro le iba ir con el chisme: por allá vi a tu hija en culi short, toda usada y rota. Tomaba trago con dos tipos. Estaba encaramada en las piernas de uno, sintiendo el bulto duro entre las nalgas, mientras se mojaba mirando al otro. Ni brasier tenía. A la legua se le notaban las tetas recién lamidas debajo de esa blusa claruchenta. A la legua se la veía hirviendo, como una chapa de zinc a mediodía. Le humeaban las orejas, y los huecos de la nariz, y todos los demás huecos le humeaban.

El grito de una mujer en la plaza la hizo desviar la mirada. Un carro casi se la lleva por delante, pero alcanzó a frenar con un chirrido de neumáticos.

—Mierda —dijo Yoli—, es la boba de Ana.

—¿Quién? —dijo Salvador.

—La hija del patrón —dijo Lucho.

Yoli tomó un trago más de cerveza, le dio la botella a Lucho y se dirigió al carro de Ana. Supuso que había llegado a la finca y que Sandra la había mandado para el pueblo. Seguro que quería pedirle que le comprara trago o salchichón cervecero, o que le ayudara a prender una fogata para sentarse con sus amigos bobos a tocar la guitarra y a cantar unas canciones bobísimas en inglés. Se creía tan viva, Ana. Ni siquiera le caía mal, solo le parecía ridícula y negrera —esa palabra la había aprendido de Judith—. Cuando iba con gente a la finca, presentaba a Yoli como su amiga y, apenas terminaba la frase, empezaba a darle órdenes.

Yoli golpeó la ventana del carro con los nudillos. Ana se volteó sobresaltada. La frente le sangraba.

La última vez que Yoli había llevado a Ana al pueblo, había sido un par de años atrás. Entonces Yoli todavía se arreglaba para la ocasión. Pelo suelto, pintalabios, sandalias y vestido. Le parecía que los viernes a la noche el pueblo se convertía en otra cosa. En algo liviano y fresco. Algo que podía disfrutarse si uno tenía la disposición. Ana estuvo incómoda todo el rato, el ruido de las motos la perturbaba, sus ojos mostraban miedo, aunque su cara era de asco. Yoli le preguntó qué le pasaba y ella dijo que quería irse, que no soportaba ese olor a fritos. Pero acababan de llegar, no habían tomado nada, no habían hablado con nadie. «¿Y con quién podría hablar yo acá?», le dijo Ana, con desconcierto genuino. Después se sacó los aretes que se había puesto: unos pececitos de plata que colgaban de un pequeño anzuelo que, a su vez, se enganchaba en la oreja. Se ató el pelo en un moño, se limpió la boca fucsia con el dorso de la mano.

Yoli le propuso entrar a un restaurante. Una fonda, en verdad. Allí podían sentarse, tomar algo frío y mirar por la ventana. Si aparecía algo interesante verían si valía la pena ir a sembrarse en alguna esquina. Eso hacían las chicas de su edad, en ese pueblo, en todos los pueblos, también en la ciudad. Sembrarse en una esquina, en un muelle, en una barra, para hacerse visibles ante el flujo de chicos que hacía la ronda. Ellos observaban, elegían, apuntaban, tiraban la carnada a ver quién picaba.

En la fonda, el menú del día era sopa de costilla, seco de arroz y yuca encebollada. Cada vez que pasaba un plato servido con esa montaña blanda de hidratos a Ana le daban ganas de vomitar. Se habían ubicado en una mesa con ventana hacia la calle. Pidieron cervezas, estaban aguadas, como sin gas, como vencidas. Los ventiladores andaban lento. Había muchas moscas. De las vigas del techo colgaban bolsas transparentes llenas de agua que supuestamente servían para espantarlas. La vez que Ana le preguntó a su papá sobre esas bolsas, él le había explicado que las moscas, que tenían dos ojos complejos compuestos de numerosos ojos más pequeños que reconstruían la imagen, al ver su reflejo deformado y agrandado se asustaban y huían.

Ambas miraban por la ventana.

Ana contó siete perros flacos paseándose por afuera.

Yoli detectó tres chicos con potencial y se lo dijo a Ana que, en un acto de grandeza, prefirió ignorarla antes que herirla.

La mamá de Ana casi no iba a la finca. La deprimía, decía. Y el pueblo la noqueaba. Decía que solo con mirar ya te dabas cuenta de que la gente de por ahí era limitada, más que pobre. Andaban con sus chancletas mohosas, medio a los tumbos, lento, lentísimo, como arrastrando una sombra de piedras.

Ana mojó un par de dedos en la cerveza y se lo restregó en los párpados y en los pómulos para sacarse el maquillaje que se había puesto. «¿Por qué te lo quitas?», le preguntó Yoli. «Tú también deberías», le dijo Ana, «el maquillaje nos hace ver desesperadas».

Ana apartó los ojos de la calle y se fijó en lo que había adentro. En la mesa de al lado un camionero se quejaba con la mesera porque su comida tardaba mucho. Resoplaba, golpeaba la mesa con la palma de la mano. La mesera dijo, sin exasperarse: «solo tengo dos manos», y fue a buscar un plato que ya debían tener servido, mosqueándose. Se lo puso en la mesa. Un amasijo. El tipo enterró la cuchara, extrajo un bocado gomoso de arroz con yuca que después zambulló en la sopa y, acto seguido, se lo metió en la boca.

«No aguanto más», le dijo Ana a Yoli, «quiero irme».

Eso hicieron. Regresaron a la finca, se fueron a dormir temprano. Ana en la casa grande, en su cuarto con televisor, ventilador y anjeo. Yoli en la casa pequeña y oscura, olorosa a leña, a insecticida, a la cera de las velas. No durmió. Se acordó del tiempo en el que, cada sábado, cuando Ana llegaba a la finca con su familia, corría a buscar a Yoli y no se separaban hasta el amanecer del lunes, cuando ella y sus hermanos volvían a la ciudad, ya vestidos con el uniforme de colegio. Ana la invitaba a dormir en su cuarto, en una colchoneta delgadita con unas sábanas de Snoopy. Ni sus papás ni los de ella se negaban: «son amiguitas». El diminutivo pasaba fácil. En el día iban al pozo de agua y se zambullían. El agua era barrosa, el fango se les incrustaba en el cuero cabelludo y después costaba sacarlo. Se echaban a conversar, a hacerse mascarillas, a lavar su propia ropa y a tenderla al sol. Entonces querían las mismas cosas: barbies, chocolates, tetas grandes y cintura pequeña cuando crecieran. Se miraban fijo y se decían: somos iguales. Un poco lo eran. A cierta edad, diría Yoli más adelante, mucho más adelante, la igualdad es posible. ¿Que por qué? Porque hay poca conciencia del entorno.

Ana ya no iba tanto a la finca. Después de esa salida al pueblo dejó de ser amigable y pasó a ser, como todos los patrones, amable y displicente. Cada tanto le regalaba ropa a Yoli porque eran de la misma talla. A veces hasta traían la etiqueta con el precio. Eran regalos de las tías que vivían afuera, en la Florida, un lugar que estaba cundido de centros comerciales bellísimos y modernos y sus tías, sin embargo —le había dicho Ana a Yoli alguna vez— conseguían comprar todo con mal gusto. «Bueno, mal gusto para mí», intento matizar su comentario, «pero seguro que en el pueblo esta ropa ranquea».

¿Ran qué?

Cada vez que Sandra le reprochaba a Yoli que pasaba mucho tiempo con Ana, Yoli le decía: «Es mi mejor amiga». Sandra se le reía en la cara: «¿Ella piensa lo mismo?». Yoli, sin dudarlo siquiera: «Obvio que sí». Sandra, ahogada en carcajadas, agarrándose el vientre, contorsionándose exagerada, le gritaba: «¡Solo un tonto sentencia pronto!».

Lo que Ana más recuerda de esa noche es que hacía frío. Si los demás fueran interrogados la desmentirían. Imposible. Nunca hizo frío en ese paraje. Si el servicio meteorológico fuese consultado diría que la temperatura de esa noche rondaba los treinta grados. Habría que sumarle unos cuantos más por el fuego que hicieron, que alertó a los caseros de las fincas vecinas y dispararon al aire. Los tiros despertaron a Sandra y a Joao, que estaban en la cama matrimonial. Joao tomaba la teta, o simulaba hacerlo, para dormirse. Estaba por cumplir once, pero parecía de seis. Sandra no tenía el corazón para negarse. Hubo un tiempo en que lo empujaba con violencia, le pegaba coscorrones, le gritaba degenerado, pero Joao la miraba sin entender y se replegaba en un rincón, se tapaba los oídos, graznaba y se rallaba la cara con esas uñas duras que no paraban de crecerle. Ahora Sandra lo dejaba. Yoli se explicaba a sí misma, y a veces a Judith, que su madre y su hermano eran una amorosa desviación de la naturaleza: en lugar de enseñarlo a ser más como ella, Sandra se fue pareciendo cada vez más a él. Pensaba que era su forma de acompañarlo, de decirle: no estás solo en ese mundo tenebroso que te tocó.

Jairo no se enteró del fuego ni de los tiros, estaba más allá de la conciencia. Cabeceaba en su taburete en la galería de la casa pequeña, nadaba en un mar de alcohol, soñaba con una llama azul que se elevaba desde el monte, flotaba por el aire y lo alcanzaba. Lo envolvía, lo acunaba, lo entibiaba. Luego se le metía por la boca, se deslizaba por adentro de su cuerpo y lo quemaba. Se despertaba a los gritos, ardiendo por dentro, llorando de dolor. Por uno de estos episodios, un año más tarde, don Jerónimo le echaría la culpa de la toma de la finca y se negaría a indemnizarlo: «La ebriedad no lo exculpa, mijo, sino que lo condena más». Y Jairo se pegaría un tiro. Y Sandra tendría que mudarse con Joao a otro pueblo, donde un amigo de un amigo de la mamá de Ana la vería deambular por las calles hecha una pordiosera.

Ana se enteraría de esto pasados unos tres años de la noche en que empieza esta historia, en una de sus visitas a la ciudad. Estaría almorzando con su madre en un restaurante del centro, su madre explayándose en chismes inocuos sobre sus tías, sobre las novias de sus hermanos, sobre sus amigas del colegio casadas por preñez. «¿Y qué fue de Yoli?», le preguntaría Ana. Escucharía por primera vez la respuesta que ya sabía: «A Yoli se la llevaron al monte, nadie supo más de ella».

—¿Por qué vamos al baldío? —le preguntó Ana a Yoli, que manejaba concentrada y no le prestaba la menor atención. En el asiento trasero, Ana se frotaba los brazos desnudos con las manos tratando de apagar ese frío inexplicable. Lis dormía, cada tanto un gemido, un temblor involuntario.

Antes, en el pueblo, Yoli les había convidado a aguardiente. Lis se tomó tres buches. Ana uno. Escucharse a sí misma hablando de fantasmas le pareció vergonzoso. Se sintió infantil y pueblerina. Decidió callarse. Fue Lis quien terminó contándolo todo, pero de un modo torpe y deshilvanado. Cuando terminó de hablar se echó a llorar a los gritos. Las tres estaban encerradas en el carro con las ventanas altas y el aire al máximo, pero el llanto de Lis hacía que la gente que paseaba por la plaza se volteara a mirarlas. Yoli fue diligente. Se bajó del carro, fue a hablar con Lucho, sacó a Ana del asiento del conductor y lo ocupó ella.

—Ey —insistió Ana—, contéstame.

Yoli lanzó un resoplido:

—Tranquila, después te explico. Lucho y Salvador nos encuentran ahí.

—¿Salvador es el…?

Yoli la cortó en seco:

—Puro chisme.

HACÍA MESES, ANA HABÍA ACOMPAÑADO A SU PAPÁ A LA FINCA. Las amigas del colegio se la pasaban con sus novios. Ana no tenía novio. Había tenido uno y le terminó porque al final de ese año se iba a estudiar afuera y para qué perder el tiempo. Dos años le había durado, no llegaron a acostarse. O sí: acostarse, se acostaron. Es decir, se quitaron la ropa, se echaron en una cama, se miraron, se tocaron, se besaron —y no solo en la boca—. Hasta ahí las misas. Así que esa mañana de sábado, embargada por el aburrimiento, accedió a subirse en la camioneta de su papá y a acompañarlo para darle gusto.

Él le anunció: quiero hablarte del futuro. Y habló todo el camino, sin pausa, lo que le hizo pensar a Ana en un futuro demasiado largo. Las palabras le salían engoladas, pero no conseguía llenarlas más que de imágenes artificiales, como de juguete: los estudios, un buen marido, los hijos.

Ana no sabía que su futuro, a la larga, se parecería bastante a la retahíla que le cantaba esa mañana su papá. Antes pasaría por un noviazgo intenso y complicado en Bogotá, y un *affaire* de vacaciones en Cartagena, seguido por un embarazo accidental, una boda rápida y discreta, una vida acomodada y hueca. Padecería los celos de su marido, primero, y el desinterés de su marido, después. Se entregaría a la crianza de un hijo rubio y cariñoso que, al crecer, rubio y desdeñoso, la borraría de su vida de un zarpazo.

«Un día todo esto será tuyo», le dijo don Jerónimo cuando llegaron a la finca, señalándole el pasto seco, las vacas flacas en el corral, los mangos reventados en el piso atrayendo nubes de moscas. Después calló y Ana supuso que su padre esperaba una respuesta. O una reverencia. Pero enseguida se dio cuenta de que su papá ya no miraba nada en concreto, o sí: miraba el monte más allá del corral, el cerco altísimo de plantas, parecía haberse olvidado de que ella estaba ahí. El sol le iluminaba una parte de la cara, mientras que la otra parte permanecía ensombrecida y tenía un gesto como de dolor contenido. ¿En qué pensaría? En su título inútil de ingeniero agrónomo, en su matrimonio, en sus hijos, en vaya a saber qué otras frustraciones. Entonces apareció el perro, salió del monte, justo por donde había fijado la vista su papá, y corrió hacia él: le saltó encima, la expresión se le ablandó. De los labios le brotó una sonrisa infantil: «Hola, bebé», le dijo. Más atrás apareció Jairo y se fueron a hacer la ronda en la finca.

Ana se quedó sola en la casa grande. Los muebles le parecieron sirvientes paralizados, a la espera de órdenes. Se asomó a la casa chica, tampoco había nadie. Sandra y Joao estaban en el mercado, había dicho Jairo. «¿Y Yoli?», preguntó Ana. «Vaya usté a saber». Ana se enfundó en la hamaca de la galería principal a mirar los naranjos que flaqueaban la entrada. Apuntó al primer grupo de árboles, después al próximo y al próximo, como en una de esas pinturas que van adquiriendo volumen según dónde se ponga el ojo, solo que, en este caso, el volumen contenía siempre a los mismos árboles. Como en una representación de la vida eterna. Del karma. Se fue quedando dormida. Había algo que le gustaba del calor: esa capacidad de embobarte, de empujarte al hueco profundo de los sueños raros. En esa hamaca había soñado con animales híbridos, bestias de una mitología diabólica que le lamían todo el cuerpo con una baba hirviente. La despertó el rugido de una moto. Era Yoli que llegaba del pueblo con Salvador. No se dio cuenta de que Ana estaba en la hamaca y se bajó allí, enfrente de la galería principal. Ana no entendió qué se decían, pero entendió cómo se miraban. Antes de irse, Salvador la agarró del brazo y quiso darle un beso. Yoli lo esquivó.

«¿Quién era ese?», le preguntó Ana cuando la moto ya se había ido y Yoli seguía parada en medio de la polvareda que se había levantado. Que un tipo del pueblo, balbuceó. Que un amigo de Lucho, dijo después, pero que tenía mala fama.

¿Fama de qué?

—Explícame ahora, Yoli, ¿por qué vamos al baldío?

Yoli respiró hondo, conteniendo la irritación. Conocía bien ese tonito de exigencia de Ana. Esa noche no tenía por qué tolerarlo.

—No viste un fantasma, Ana, atropellaste a alguien —contestó con fastidio.

—No —dijo Ana, la barriga helada—, estás loca.

Lis, que había estado todo el trayecto semi inconsciente, volvió a soltar su llanto destemplado. Ana la agarró del brazo y le enterró las uñas:

—Te callas.

Lis siguió llorando, pero más bajo.

—... puede que a una persona —dijo Yoli—, ojalá que a un animal.

—No —insistió Ana.

—Sí.

—Imposible.

—Ya vamos a limpiar tu cagadita.

Y en eso estaban ahora, frente a un fuego grandioso en el que se chamuscaba Sandokán. Costó encontrarlo porque había caído detrás de unos escombros de concreto. Había otros animales muertos, pero llevaban varios días secándose al sol, así que olían menos. Lo había encontrado Salvador: «acá hay uno fresco», lo había alzado a la vista de todos, menos de Lis, que se había quedado en el carro en una especie de *shock*. El perro muerto parecía más chico. Como si se hubiese desinflado. Lo acostó en la tierra. Yoli se desmoronó a su lado. Ana se acercó y se tapó la boca con las manos. Pensó en su papá. Si se enteraba, la mataba. Yoli acomodó la cabeza del perro en su regazo. Lo hizo con cuidado, con cariño, como si temiera romperla. Pero ya estaba rota: tenía un tajo profundo en la frente por el que alcanzaba a verse el hueso. Salvador y Lucho juntaron ramas y colocaron al perro encima. Lo rociaron con acépeme, tiraron un fósforo.

Ahora, frente al fuego, Yoli lloraba. Lucho, sentado a su lado, la abrazaba.

Ana sentía vergüenza: era más el perro de Yoli que suyo. También sentía alivio. No era un fantasma ni una persona. Eso la aliviaba. Y que iban a quemar la evidencia. Eso también.

Casi un año después, cuando Yoli llamara a Ana por teléfono para que le devolviera el favor, ya no sentiría tanto alivio. Se recriminaría no haber hablado a tiempo. La verdad dolía, pero era terminante. La mentira te acompañaba siempre. Ana accedería a verla, le devolvería el favor, las cuentas quedarían saldadas, eso se dirían. Ana la llevaría hasta un pueblo que ni nombre tenía, la vería zambullirse en el monte.

En un futuro mucho más lejano, Yoli volvería sobre la noche del perro, sumándole detalles: diría que el animal estaba caliente, que estaba hirviendo. Que la carne muerta olía a una cosa extrañísima que hasta ese momento ella desconocía. Después ya no le parecería tan extraño: cuando arrastrara cuerpos, cuando le tocara enterrar personas desmembradas o mutilar cadáveres para hacerlos entrar en las fosas, apretados, iba a sentir el mismo olor. Y tras un plano de su mirada dura como un callo, tras una larga pulseada entre el lente impúdico y su estoicismo, la pantalla se iría a negro sin que ella se quebrara.

Ana se sentó frente a la fogata, al lado de Yoli. No alcanzaba a ver a Lis adentro del carro. Debía estar durmiendo la traba. Estaba enojada con Lis por haber contado lo que acababa de pasarles como si ella tuviese la versión última y definitiva de las cosas; como si ella fuese la protagonista, la principal doliente, ahogando el llanto entre frase y frase. Si el accidente hubiese sido un cuento, una secuencia de una película, pensaba Ana, era obvio que la protagonista sería ella y no Lis. Pero Lis habló en nombre de ambas sin haberle consultado, se apropió de su historia, manoseó su recuerdo, le atribuyó los sentimientos equivocados, impregnó todo de un dramatismo vulgar.

El cuerpo de Sandokán se reducía lentamente, pero la única que mantuvo la vista en el fuego fue Yoli. Salvador fumaba. Lucho vigilaba el contorno del baldío por si aparecía alguien. Ana fijó la mirada en la tierra y vio gusanos, o lombrices. Tal vez eran orugas que huían del fuego. Se arrastraban como cromosomas. Le pareció que eran muchísimas, que alcanzaban a cubrir el baldío entero y a desbordarse hacia la ruta.

CUANDO ANA VOLVIÓ AL CARRO, LIS ESTABA HECHA UN OVILLO en el asiento trasero. El carro apestaba a marihuana. Tenía varios problemas anteriores a ese, pero pensó que debía llevarlo enseguida a un lavadero. Si lo dejaba estar, el olor penetraría en la tapicería. Yoli, Lucho y Salvador esperaban a que ella arrancara. Estaban de pie, uno al lado del otro, soldados en formación. Primero Yoli, flaca y morena, con esas tetas puntiagudas que Ana le envidiaba desde que se las vio brotar; después Lucho, alto y solícito: la nada misma; el tercero era Salvador, compacto como un tótem: uno de esos hombres que, aún con ropa holgada, se los veía apretados y fibrosos.

Yoli insistió en que se quedaran en la finca y se fueran a la mañana.

Ana dijo que prefería volver. No quería cargar con Lis, quería sacársela de encima, dejarla en la puerta de su casa así inconsciente como estaba, tocar el timbre y huir. Lis había pasado a ser, de pronto, ese lugar en la espalda que te pica y no llegas. No podía tolerarla. Quería borrar a Lis de su vida. Borrar esa noche de su vida. Podía hacer eso. Podía, incluso, borrar su vida y hacerse otra. Eso pensó mientras aseguraba las puertas del carro, los saludaba con la mano y se decía a sí misma: nunca volveré acá.

Volvería muchos años después, tras la muerte de don Jerónimo. Sus hermanos, que se habrían hecho cargo de la enfermedad del padre, le darían la única misión de vaciar la finca para venderla.

Ella dejaría a su esposo y a su hijo —dos varones crecidos, pero dependientes hasta el tuétano— con la empleada, y a la empleada con un Excel de instrucciones pegado en la nevera. Se tomaría una semana. Se embarcaría en la vieja camioneta de don Jerónimo. Las estrellas desteñidas guiarían su camino. A medida que avanzara el miedo de volver se transformaría en excitación. Seguiría de largo hasta el pueblo para proveerse en el abasto: productos de limpieza, sopas de sobre, ron, un cartón de doce cajetillas de Marlboro *light*. A la salida, cargada con sacos, un tipo se ofrecería a ayudarla y ella, tras pensarlo unos segundos, aceptaría porque —se diría, para justificarse— era un típico paisa entrador que igual iba a insistir hasta quebrarla. Pondrían la compra en la camioneta y cuando llegara el momento de despedirse él le preguntaría si no quería almorzar. No, ella nunca quería almorzar. Además, tenía mucho trabajo en la finca, era un asentamiento de cosas inservibles. Él se ofrecería a ayudarla, no haría más entregas ese día. La balacera lo había espantado. ¿Qué balacera? Que una en el pueblo de al lado. Ajá. Que había parado a entregar unos productos, pero no alcanzó a poner un pie en la calle cuando se levantó una balacera. ¿Y él que vendía? Pesticidas. ¿Veneno? Veneno es el hambre, mijitica. Ajá. Y que le vendría bien la compañía.

Ella procedería a escanearlo: la camisa gastada azul clarito, un botón cosido con un hilo verde que rechinaba justo en la cima de esa barriga criada a cervezas y chorizos; el pelo aplastado por la transpiración; el bigote espeso; la córnea amarilla bordeando la ictericia. Traduciría: infancia en la pobreza, malos hábitos alimenticios, padre y madre sin educación elemental, ¿hermanos o hermanas? Hermanas. ¿Cuántas? Mil.

Que ella no era de por ahí, le diría luego el paisa, que se le notaba a leguas. Se reiría. Que él tampoco. Él era de la zona de Antioquia, Santa Rosa de Osos, que si conocía. Que sí, diría ella, que conocía, que le gustaba. Se acordaría de cuando era niña y había viajado con su madre, en bus, a Medellín. Iban a visitar a unas primas y habían parado en ese pueblo a la madrugada: su mamá se había bajado a comprar desayuno, volvió con una chicha tibia y cremosa. Por eso le gustaba Santa Rosa de Osos, pensaría, por la chicha que se tomó sin bajarse del bus. ¿Quién necesitaba más? «Ok», contestaría entonces, que aceptaba su ayuda, que la siguiera por favor en su camioneta hasta la finca. Que ella se bajaría a abrir la tranquera porque la traba tenía una maña. Que hacía años que no iba, pero se acordaba. Ahí en la tranquera lo vería entrar en su armatoste ploteado con el dibujo de un insecto de ocho patas, al lado el símbolo de la calavera y los huesos en cruz. «¿Es tuya?», le preguntaría ella, ya con ambas camionetas bañadas de polvo, estacionadas frente a la vieja galería. Intentaría desviar la mirada de los naranjos apestados, intentaría retrasar el ingreso a la casa. «No es mía, pero la trato como si lo fuera», el paisa mostraría los dientes: «Así soy yo».

—Avisa cuando llegues —le dijo Yoli.

—Gracias —contestó Ana ya embarcada, con el motor en marcha. No estuvo segura de que alguien la escuchara.

—Qué tenga buen día —dijo Lucho, aunque todavía era de noche.

Salvador no abrió la boca ni hizo gesto alguno. Ana arrancó y siguió mirándolo por el retrovisor: la cara tiznada, los ojos verdes como esmeraldas incrustadas. En la mano tenía el machete con el que había descuartizado al perro.

La ruta de regreso le pareció distinta. Se había aquietado. Miró los árboles por la ventana: las ramas estiradas hacia el cielo, buscando algo para atrapar y devorar. Aves nocturnas. La gente del campo siempre miraba el cielo. Y le hablaba: le pedían que pasaran cosas —que lloviera— o que no pasaran cosas —que no lloviera—, le tenían fe. Era poderoso el cielo, ahí encima siempre, testigo de todo.

Por primera vez pensó que lo de las estrellas en el suelo era una idea perversa. Una evasión. Mejor eso que las tripas aplastadas, suponía. Allí todo el mundo tenía un modo de evadirse. A eso estaba acostumbrada. Pero solo hasta ahora caía en cuenta de que esa evasión podía consensuarse. Consensuemos en que esto no es un hervidero de mierda sino un paraíso tropical con platanitos, fantasmas, estrellas de neón decorando la ruta.

Desde atrás, Lis soltó una queja débil.

Ana prendió la radio para no oírla. Era la hora de las baladas: *cálido y frío, este amor es tuyo y mío.*

Abrió la ventanilla, entró la brisa tibia. La cara se le embadurnó de lágrimas más saladas de lo habitual. Pobre Sandokán. En el futuro pensaría muchas veces en el perro. Soñaría con el golpe sordo contra el vidrio, con su cabeza rajada y el cráneo a la vista.

Entró a la ciudad, bordeó la bahía de Manga, se parqueó en la boca de un muelle.

A esa hora, con tan poca luz, la orilla de enfrente era una costa desdentada. Se la veía brumosa, irregular. Estaba por amanecer, pero la luna persistía, claruchenta y desleída. Flotaba en el horizonte, como alguien trasnochado y perdido. Esa era su ciudad y, sin embargo, a veces, según el ángulo, según el ánimo, sentía que no la conocía. Para conocer algo había que meterse adentro y después salirse y mirar. Años más tarde intentaría decírselo a su mamá, que nunca se había salido ni de su agenda de cuero marrón marca Vélez.

«Salirse, mami, fugarse de una misma y mirar», le diría Ana con un gesto de manos majestuoso, que empezaría en su pecho y ascendería por encima de su cabeza: «eso es el conocimiento».

Su mamá la miraría vacilante, asociando ese gesto y esa frase con cosas que la inquietaban. Pensaría: Ana parece una chamana, una bruja, una mujer que ha estado mucho tiempo sola. Y luego asentiría. Su mamá estaba acostumbrada a asentir. Su vida era una afirmación constante de mentiras: la gran mentira, la mentira sustituta, la mentira original. Se movía como pez en el agua entre las distintas gradaciones del engaño. Sus hermanos eran varones, vivían en otra dimensión, en otra mentira, en la gran mentira universal.

Ana cerró las ventanillas, puso el aire acondicionado de vuelta. El día empezaba a calentarse y en su cabeza flotaban pensamientos confusos, pero aguados, poco densos, como los de un enfermo que ha dormido demasiado y se despierta descolocado, con todo y nada por hacer.

—¿Llegamos? —era Lis.

Ana no contestó.

—¿Descubrieron qué era? —insistió.

El contorno de la orilla contraria empezaba a definirse: Castillogrande, un barrio de ricos.

—Ey —Lis le dio dos toquecitos en el hombro con los dedos. Sutiles, pero molestos.

—¿Qué te pasa? —dijo Ana, brusca.

—Que me digas qué era.

—No me toques.

—¿Ah?

—No me hables.

En la cara de Lis había desconcierto. A Ana le pareció más vieja que unas horas antes. Como si le hubiesen caído años desde arriba. Una piñata de piedras que le abolló la cabeza.

Pasaría mucho tiempo antes de que Ana y Lis se vieran a solas otra vez. Entonces sí, Lis (que entonces se haría llamar Lisette) estaría más vieja y más tuneada: pelo amarillo, dientes blanqueados, tetas gigantes y una vida pequeña en Coral Gables. Sería Lis quien le contaría a Ana (que entonces se haría llamar María) del documental en el que salía Yoli (que entonces sería «alias Lorena») en un canal europeo. Por esa época abundarían este tipo de documentales en canales europeos. Al principio Lis no estaría segura de si era ella, pero el relato detallado de la noche del choque le parecería prueba suficiente.

«Nunca me dijiste que habíamos atropellado a un perro», el tono de Lis sería recriminatorio. «Cálmate», diría María: «fue hace veinte años».

María no vería el documental hasta unas semanas después, de regreso en su casa con su esposo, tras haber instalado a su único hijo en un *college* en la Florida. Estarían en la enorme habitación matrimonial, ella en la alfombra, acostada con las piernas elevadas en una silla para descansar la cintura. Desde allí vería a su esposo pedalear en la elíptica con las nalgas elevadas como quien espera —y desea— ser penetrado por sorpresa. Tendría el torso desnudo, más pálido que los brazos color arequipe, o filete quemado, por el tiempo que se la pasaba en el velero enfundado en su camiseta náutica. María daría *play* y se concentraría en la pantalla de ochenta pulgadas del televisor, en la cara enorme de Yoli («alias Lorena») a quien no le costaría ningún trabajo reconocer: su cara sería idéntica a la que recordaba solo que más triste y agrietada. Su testimonio, sin embargo, ya no tendría el tono furioso y demandante que recordaba de Yoli y en cambio parecería la homilía de una justiciera. Había estudiado dos carreras, subrayaría el reportero varias veces a lo largo de la hora y media que duraba la entrevista, para justificar el hecho de que «alias Lorena» supiera disertar.

«Todo el mundo vive con un hueco al lado, ahí bien cerquita de los pies. Uno se puede asomar, se puede meter para explorarlo, se lo puede rodear con miedo, volteando a verlo cada tanto a ver si se achicó, a ver si se agrandó, a ver si se llenó de pus… Y uno también puede ignorarlo, hacerse el bobo, fingir que no está. Así se puede andar un rato, pero un día te descuidas y te caes».

María opinaría que el reportero se mostraba demasiado interesado en lo truculento: ¿A qué huele un muerto? ¿Es verdad que quemaron gente viva? ¿Es verdad que una vez se te salió el útero mientras corrías? ¿Cuántas veces te violaron? ¿Cuántas veces abortaste? ¿Qué opinaba Lorena de los hallazgos más sanguinarios? ¿Qué cuáles? Cabezas. O torsos sin cabeza, ni brazos, ni piernas. En la peor época: cuerpecitos destrozados. Restos de bebés. Montañas de bebés chamuscados, vueltos carbón. No llegaban a ser bebés, eran fetos: se los sacaban a las muchachas, los tiraban al monte, los prendían fuego.

Su esposo, sin dejar de pedalear, le diría: «¿Acaso debería preguntarle por sus hobbies?». «Yoli era mucho más que una historia difícil», zanjaría María, señalando la pantalla con el hocico. Los ojos encharcados y brillantes, al borde del cismo.

«Y, si estaban chamuscados, ¿cómo sabes que eran bebés?», le preguntaría Lorena al reportero.

«¿Por el tamaño?», contestaría él, fuera de cámara, dubitativo.

«Muy raro estar escondido y prender una fogata, ¿cierto?», insistiría Lorena, *«es como para que te vean de acá a Leticia»* —el lente detenido en su cara impasible, limpia de gestos delatores— *«... de acá a la China»*.

El esposo de María, entre balbuceos desdeñosos, soltaría: «Medio cínica tu amiga, ¿no?».

Y María: «Lo que dice tiene lógica, será que tú no entiendes».

Su esposo: «Prefiero no entender la lógica de esos salvajes».

Él la notaría herida, sangrando a borbotones en un lugar que no estaba a la vista. Pensaría: María tiene recovecos oscurísimos. No diría nada para consolarla ni para indagarla ni para llenar el aire siquiera. La miraría turbado, intentando adivinar las razones por las que nunca le había contado la historia del perro atropellado, descuartizado, prendido fuego. ¿Qué más no le habría contado? ¿Quería saber?

A su vez, María se preguntaría si el testimonio de Yoli la habilitaba a abrir el grifo de los secretos. Pensaría en una mano que se metía en su boca, le atravesaba la garganta, descendía hasta su estómago y extraía un tumor enorme de cosas no dichas, pegoteado y baboso, como las bolas de pelos que vomitaban los gatos. Los secretos como los suyos solo podrían provocar el asco de su esposo. Un hombre que se esforzaba en generar dinero y masa muscular en casi iguales proporciones, desplegaría un coro de eructos nauseabundos al visualizarla ensartada por un gordo, sobre unos sacos de fique mugrientos y rasposos, y el ombligo empozado con la leche de un tipo al que había visto una sola vez. Para la noche del documental, habría pasado casi un año de haber despedido al paisa en la tranquera, de haber visto su camioneta grotesca desaparecer en la ruta cargada de bidones tóxicos. María otra vez rememoraría esa tarde en Alegría, descansando los orgasmos sobre la panza blanda de un desconocido, que le contaba cómo él sí —¿y ella no?— se había salvado de su destino.

Algo así le había dicho:

Que un día el papá le llegó con un folleto que le había dado el patrón, que promocionaba un curso relacionado con el agro. El patrón le dijo que, si él quería, se lo regalaba: «¡El curso, no el folleto, hombre!», tendría que aclarar el patrón ante la expresión incierta de su empleado. Pero él sí había entendido, solo que no quería hacer ningún curso, él ya no estaba para cursos. Y que gracias, patrón, esto a quien le va a gustar es a mi hijo el del medio, seguro que su hijo sí quería. ¿Quería? Que sí, le dijo él, quería. Menos mal, celebró el padre, algo había que querer alguna vez. ¿Ah sí? ¿Y sus hermanas qué habían querido, acaso? Machos que las preñaran, nomás. Y ahí estaban, cundidas de hijos y de várices. En el curso conoció a un compañero que lo convidó a una capacitación gratis —la proyección de un *power point*, el *coffee break* con almojábanas— convocada por una marca de productos para curar plantas bichadas. Y así empezó a trabajar. El sueldo era poco, pero le daban los viáticos y la camioneta.

«Uno puede llenar el hueco de historias, y las historias de más huecos y esos huecos de más historias: la vida es una historia que contiene otra y que contiene otra. Uno no está condenado a una sola historia, ¿cierto? Lo mejor que se puede hacer con el hueco es llenarlo... ¿Por qué? Porque un hueco vacío es una tumba».

«Uf, ahora sí me perdí», diría el esposo de María, detenido en la elíptica, emanando calor, enjugándose la transpiración con una toalla de mano. «¿Qué cenamos, amor?», luego iría a ducharse.

Ella se levantaría a abrir la puerta corrediza que daba al balcón panorámico de su *penthouse*, para ventilar el cuarto cargado del olor de su marido. En ese mismo balcón, años atrás, Ana había adoptado el nombre de María (total, se defendería ante las inquisiciones constantes, era suyo, no se lo había robado a nadie), y había dedicado demasiadas horas a mirar atardeceres que se acostaban cansados sobre el horizonte, como un paciente anestesiado sobre una mesa. En la televisión pasarían los créditos del documental sobre la cara congelada de Yoli: sus ojos siempre duros, pero la sonrisa insinuada. Sonaría una canción de La Oreja de Van Gogh —*cierra la puerta, ven y siéntate cerca*— que ella misma habría elegido para cerrar la entrevista. María se asomaría a la bahía oscura de Castillogrande, con su faro alumbrando en círculos. Miraría el hueco vacío. Ya nunca le sacaría la vista.

Pero faltaban años para ese día.

—Por favor, dime qué fue lo que atropellamos —le rogaba Lis, desde el asiento trasero, con la cara hinchada, el pelo pegado al cráneo, angustiada y hedionda.

El cielo se destapó y apareció un sol despiadado. Un verdugo que se muestra ante sus súbditos y se burla. Ana se guardaría la versión de esa noche para ella. Una versión secreta a la que nunca nadie accedería. La adornaría hasta que fuera otra. Apilaría versiones de esa noche hasta convertirla en un recuerdo vago, en una nube.

Encendió el carro y suspiró.

—Mejor te llevo a tu casa.

MARGARITA GARCÍA ROBAYO (Cartagena, Colombia) es autora de las novelas *Hasta que pase un huracán*, *Lo que no aprendí* y *Educación Sexual* compiladas en el título *El sonido de las olas*; de varios libros de cuentos, entre los que se destaca *Cosas peores*, ganador del Premio Literario Casa de las Américas 2014; y del libro de ensayos *Primera persona*. En 2018 se publicó en inglés una compilación de cuentos y novelas bajo el título de *Fish Soup*, formó parte del prestigioso listado «Books of the Year» del diario *The Times*. En 2020 se publicó la traducción de su novela *Tiempo muerto* bajo el título Holiday Heart y fue premiada con el English PEN Award. Su última novela se llama *La encomienda* (Anagrama, 2022) / *The Delivery* (Charco Press, 2023). Su obra ha sido traducida al inglés, francés, portugués, italiano, hebreo, turco, islandés, danés, chino, entre otros idiomas. Vive en Buenos Aires.

Powerpaola es artista plástica, historietista e ilustradora.

Nació en Quito, Ecuador y creció en Cali y Medellín donde estudió Expresión Artística y Artes plásticas. Ha vivido en París, Sydney, Buenos Aires, Bogotá y San Salvador.

Ganadora de las residencias artísticas: La Cité Internationale des Arts, París (2003- 2005) y Firstdraft Gallery, Sydney (2007). Ganadora del proyecto «En Vitrina» en Lugar a Dudas, Cali (2010) Realizó un club de dibujo en el Amazonas con la comunidad Huitoto por dos meses gracias a la beca de la Gilberto Alzate Avendaño. Ha expuesto sus diarios de viaje, dibujos y pinturas en varias galerías como Miss China Rue Française, Galerie Pierre-Alain Challier (París), Burnet Fine Art (Minnesota), Sextante, Valenzuela y Klenner (Bogotá), entre otras y en ferias como La Fiac, Arco y Slick. Tuvo una muestra individual (2018), *De frente me escondo*, en el Museo La Tertulia de Cali.

Autora de *Virus Tropical*, *Por dentro/ Inside, Diario de Powerpaola, qp (Éramos Nosotros)*, *Todo Va a Estar Bien, Nos Vamos, Todas Las Bicicletas que tuve* y el libro de artista *Amazonas*, editado por Artedos Gráfico. Forma parte del libro *An Illustrated life* de Danny Gregory. Ha trabajado en libros colaboración con autores como *Nueve noches para la Navidad* con Carolina Sanín, *Mostras del Rock* con Barbi Recanati, *Dinamita* con Gloria Susana Esquivel, *La Madre Monte* con Enrique Lozano, *Sandiliche* con Ronaldo Bressane y *Costuras* con Alejandro Martín.

Publicó por diez años una tira mensual en la revista cultural *Arcadia* (Colombia). Fue directora Artística del largo animado *Virus Tropical* basado en su novela gráfica. Hizo parte de los colectivos Taller 7, Chicks On Comics, La Casa Telepática y el dúo: No Tan Parecidos. Actualmente es profesora invitada en el Instituto Peter Szondi de la Universidad Libre de Berlín.

Esta primera edición de
Alegría
de
Margarita García Robayo,
ilustrado por
Powerpaola
se terminó de imprimir
el 23 de abril de 2024,
Día Internacional del Libro